AF189649

Über das Buch

Geschichten aus dem Leben erzählen sich Menschen, die viele Jahre miteinander leben, sich lieben, schätzen, einander in- und auswendig kennen und, natürlich, auch mal streiten und sich verzeihen. Sie erleben Höhen und Tiefen. Interessanterweise sind es aber immer die nicht ganz so perfekten Erlebnisse, an die sich Ehepaare, Kinder, Freunde oder Familien erinnern, wenn sie zusammensitzen und ins Ratschen kommen. Die Geschichten in diesem Buch sind die Ernte aus vielen Jahren Dorfleben. Ihre Erzählerin Christel Schuster sagt: „Unterschätze niemals den Wert der Erinnerung. Weißt du noch, als ... sagen zu können, bedeutet, wirkliche Freunde zu besitzen. Sei stolz darauf!"

Über die Autorin

Christel Schuster absolvierte eine Ausbildung zur Fachjournalistin (fjs). Sie lebt mit ihrem Ehemann und den beiden Kindern in Niederbayern. Kraft spendet der Autorin ihr christlicher Glaube. Sie reitet gerne aus, arbeitet im Garten oder verreist mit ihrer Familie. Ihr Lebensmotto: „Perfekt ist langweilig!"

Christel Schuster

„Weißt du noch, als ...?"

Kurzgeschichten aus einem niederbayrischen Dorf

Bibliografische Information der Deutschen Nationalbibliothek: Die Deutsche Nationalbibliothek verzeichnet diese Publikation in der Deutschen Nationalbibliografie; detaillierte bibliografische Daten sind im Internet über dnb.dnb.de abrufbar.

© Christel Schuster 2017

c/o

Papyrus Autoren-Club, R.O.M. Logicware GmbH, Pettenkoferstr. 16-18, 10247 Berlin

info@christel-schuster.de

www.christel-schuster.de

Herstellung und Verlag:

BoD – Books on Demand, Norderstedt

Lektorat: www.deutsches-lektorenbuero.de

ISBN: 978-3-7460-1715-0

Inhaltsverzeichnis

Die Jogginghosen-Weiber

Einmal im Monat trafen sie sich bei Mama Schuster: die Jogginghosen-Weiber. Das war der Tag, an dem Papa Schuster gerne mal Mäuschen gespielt hätte und die Kinder haargenau wussten: Wenn wir stören, werden wir einen Kopf kürzer gemacht. Und es war der Tag, an dem die Ehrbacherin mit dem Zug zu ihrer Mutter fuhr und praktisch keine Zeit hatte. Ein Kreuz nur, dass der Ehrbacher schwer in Ordnung und der beste Freund von Papa Schuster war. Die Jogginghosen-Weiber hätten unterschiedlicher nicht sein können, und so wunderte sich Papa Schuster ab und an, wie Hausfrauen und Karrierefrauen unter einen Hut passten.

Mama Schuster schleppte im Winter Brennholz in das Werktagsstüberl und heizte ein. Im Sommer riss sie die Fenster auf, damit vielleicht ein Lüfterl die erdrückende Hitze aus den alten Mauern wehte. Die Frauen ratschten nämlich nicht im Haus. Zu gefährlich, dass eines ihrer Geheimnisse nach außen drang. Pünktlich wie die Maurer trudelten die Damen jeden vierten Samstag im Monat ein. „Die Ehrbacherin hockt schon im Zug, oder?"

Da war die Kramerin. Mama Schuster kannte sie bereits seit Kindergartentagen, und das Foto, wo sie sich beide am Kopf kratzten, weil sich Läuse in ihren Haaren eingenistet hatten, lag in der untersten Schublade im Büro. Das Foto war umso peinlicher, weil es geknipst wurde, als die Kindergartenkinder ein Spalier für den Bischof bildeten. Alle Kinder winkten, nur die Schuster-Mama und die Kramerin kratzten sich am Kopf. Dann noch die Bergerin. Mama Schuster und sie waren Nachbarskinder. Und weil sie einmal einen toten Fuchs nach Hause schleppten, mussten sie gegen Tollwut geimpft werden. Ihrer beider Mütter und Väter wären damals vor Scham am liebsten im Erdboden versunken, weil das Amt überall im Dorf Schilder aufhängte: „Vorsicht! Tollwutgefahr!" Nicht wegzudenken aus der Runde: Mama Schusters Schwester, kurz „die Tante". Zu jedem Treffen sauste sie von Niederösterreich nach Niederbayern. Dass es die beiden Schwestern faustdick hinter den Ohren haben, wusste Papa Schuster von der Haidner-Oma. Keine Gelegenheit ließen sie aus, um von Schandtaten aus ihrer Kinderzeit zu berichten. Sogar die mittlerweile pensionierte Verkäuferin aus dem Nachbardorf erinnerte sich, dass die zwei einmal samt Einkaufswagen umgeflogen waren. Auch jedes Mal mit von der Partie war die Zinzenzellnerin. Sie hatte mit Mama Schuster die Schulbank gedrückt, und beide mussten gleich im ersten Jahr eine fette Strafarbeit schreiben, weil sie eine Türe aushängten. Wie das zwei kleine Mädchen schafften, das war auch nach über 30 Jahren ein wohlgehütetes Geheimnis.

Wenn er es sich so recht überlegte, dann wollte Papa Schuster doch kein Mäuschen sein. Die alten Kamellen interessierten ihn nicht. Oder doch?

Das Weihrauchfässchen

Am 6. Januar war es guter Brauch, dass die Ministranten in wallenden Gewändern den Heiligen
Drei Königen nacheiferten und an jede Haustüre
klopften, ein Sprüchlein aufsagten und Geld für
soziale Projekte sammelten. Mitzerl flitzte aufgeregt hin und her. Sie durfte dieses Jahr zum
ersten Mal mitgehen. Bedauerlicherweise mussten die Jüngsten immer den „Mohr" machen, also den Schwarzen. Mama Schuster stopfte Mitzerl in eine warme Winterjacke, bevor sie die
Wangen des Mädchens mit Ruß beschmierte. Papa Schuster stapfte in die Küche und hielt Mama
das Telefon hin: „Ist für dich, die Ehrbacherin."

Mama Schuster rollte die Augen: „Was will die jetzt?" Papa zuckte die Achseln und verkrümelte sich ins Wohnzimmer. Draußen wehte ein eisiger Wind und es schneite. „Frau Schuster! Sie müssen fahren! Lieselotte ist krank. Max kommt statt ihrer mit! Nehmen Sie meinen Wagen", schrie Frau Ehrbacher in das Telefon. „Äh. Ja. Gute Besserung für Lieselotte. Aber ich fahre mit unserem Auto." Doch die Ehrbacherin widersprach: „Ich habe extra Auf- kleber gekauft mit ‚Sternsinger-Express'! Sie nehmen mein Auto, und passen's mir ja gut auf!" Wenig begeistert stapfte Frau Schuster mit Mitzerl zum Haus der Ehrbachers. Kaum ange- kommen, überschüttete die Ehrbacherin die Schuster-Mama mit Anweisungen: „Schauen's, dass die Kinder keine Nässe reinziehen! Das Gebläse auf Stufe fünf, wenn die Scheiben anlaufen! Und gegessen wird gar nicht!" Mama Schuster nickte und stellte sich vor Mitzerl, als diese in den Wagen kletterte. Ihr langes Gewand hatte sich am Saum mit Schnee vollgesogen und die Stiefel, na ja, da klebte nicht weniger Schnee dran. Unterwegs sammelten sie Katharina auf und dann Max. „Glüht die Kohle etwa schon?" Entsetzt starrte Mama Schuster auf das Weihrauchfässchen, das Max selenruhig hin- und herbaumeln ließ. „Ja klar. Das machen wir jedes Jahr so. Es ausmachen und wieder anmachen, das dauert zu lang."

Mama Schuster vertraute Max und steuerte den ersten Einöd-Hof an. Während die Kinder ihr Sprücherl aufsagten, spuckte sie auf ein Taschentuch und wischte an der linken hinteren Türe der Mitzerl die Rußspuren ab. Das Mädchen hatte sich ins Gesicht gefasst und mit den rußigen Händen ordentlich rumgetatscht. Das Spielchen wiederholte sich Hof für Hof, und als Katharina nach knapp zwei Stunden ein Wurstbrot aus- packte und Mitzerl und Max abbeißen ließ, wusste Mama Schuster: Ab der nächsten Haltestelle bin ich auch noch Staubsauger. Die Brösel hatten sich reichlich festgebissen im Teppich, und Mama Schuster bedauerte, keine langen, spitzen Fingernägel zu besitzen. Egal. Ich muss die Teppiche ohnehin föhnen, so drecknass, wie die sind.

Froh, dass sie nun den letzten Haushalt ansteuerten, trällerte Frau Schuster ein Liedchen vom Radio mit. Nanu? Warum sehe ich fast nix mehr? Sie drehte das Gebläse auf Stufe fünf, und plötzlich stank es fürchterlich. Sie schaute in den Rückspiegel und trat auf die Bremse: „Kinder! Seid ihr wahnsinnig?" „Das war keine Absicht!" „Ehrlich!" „Es war ein Versehen!" „Raus aus dem Auto, schnell!", kreischte Mama Schuster. Wie ein geölter Blitz sprang sie ebenfalls aus dem Wagen, riss alle Türen auf, schleuderte das Weihrauchfässchen ins Feld und schaufelte mit den Händen Schnee auf die glimmende Fußmatte. Es zischte und Mama Schuster drehte sich um. Drei kreidebleiche Gesichter stammelten eine Entschuldigung nach der nächsten. Noch nie war das Weihrauchfässchen im Auto umgefallen. Als sich der Rauch aus dem Fahrzeug verzogen hatte, kletterten die Kinder, diesmal ohne Mama Schusters nerviges „Aufpassen! Schuhe ab- klopfen!", zurück in den Wagen. Es war mucks- mäuschenstill und Mama Schuster brachte zuerst Katharina, dann Max nach Hause. „Mama? Bist du arg böse?" Mitzerl kauerte auf der Rücksitzbank. Sie fror bitterlich, weil Mama Schuster alle Fenster während der Fahrt offen ließ, damit keines der Kinder eine Rauchvergiftung erlitt. „Nein. Ich überleg nur, wie ich das der Ehrbacherin erkläre." Mit gesenkten Schultern schlich sie ins Haus. Papa Schuster wälzte sich immer noch auf der Couch. „Du. Es ist etwas wirklich Furchtbares passiert." Mama Schuster setzte sich an das Fußende. „Aha. Was?" Reichlich desinteressiert fragte Papa Schuster nach. „Wir haben fast das Auto von der Ehrbacherin abgefackelt. Das Weihrauchfasserl ist umgeflogen." Mama Schuster weinte plötzlich: „Du, die bringt mich um!" Papa Schuster ächzte, stand auf und ging zum Telefon.

Verdutzt starrte Mama Schuster hinterher. „Servus. Ich bin es. Hast heute Abend Zeit auf ein paar Halbe beim Dorfwirt?" Fassungslos schleuderte Mama Schuster ein Kissen nach Papa Schuster: „Typisch! Die Ehrbacherin wird mich umbringen, und du, du hast nur dein Wirtshaus im Kopf!" Papa Schuster legte eine Hand auf den Hörer: „Pst! Du siehst doch, ich telefoniere!" Beleidigt rauschte Mama Schuster hinaus. Mitzerl zupfte an Papa Schusters Ärmel: „Du Papa, bringt die Frau Ehrbacher die Mama wirklich um?" Papa Schuster hob Mitzerl hoch: „Nein, ganz sicherlich nicht. Ich gehe heute Abend mit dem Ehrbacher ins Wirtshaus. Wir regeln das unter Männern."

Tags darauf rief die Ehrbacherin an und brüllte in das Telefon: „Frau Schuster! Richten Sie Ihrem Mann aus, wenn er meinen Mann wieder so abfüllt, dass er heimlich im Auto raucht und es beinahe abfackelt, dann bring ich ihn um!" Sie schnappte kurz nach Luft: „Und wo zum Teufel ist das Weihrauchfässchen! Rufen Sie den Pfarrer an!"

Die Kramerin

Die Kramerin schaute von allen Jogginghosen-Weibern am öftesten bei den Schusters vorbei. Meistens nach der Arbeit. Im stocksteifen Kostüm. In hohen Schuhen. Und blitzgescheit. Sie rief vorher nicht an. Wenn es ihre 40-Stunden Arbeitswoche zuließ, dann war sie plötzlich da. Ob die Schuster-Mama mit Simmerl und Mitzerl über den Hausaufgaben schwitzte, Abendbrot zubereitete oder noch im Stall werkelte, die Kramerin punktete mit Flexibilität und Spontanität. Gefragt oder ungefragt, die Kramerin brachte sich stets sofort, theoretisch und praktisch, in das Familienleben mit ein. Ihr scharfer Senf, den sie gerne zugab, schmeckte am allerwenigsten Papa Schuster. Aber Mama Schuster ratschte von Herzen gerne mit ihr!

Was der alles passierte! Unglaublich! Erst neulich tauchte sie mit einer riesigen Schürfwunde auf. „Das ist beim Nageln passiert." Kurze, prägnante Sätze zeichneten die Kramerin aus. Auf einer Hütte gönnte sie sich nach dem Skifahren ein wenig zu viel Après-Ski, und weil sie glaubte, mit den jungen Männern mithalten zu können, schleuderte sie den Hammer in die Luft. Doch statt das Ding aufzufangen und den Nagel in den Baumstamm zu schlagen, landete das Handwerkszeug auf ihrer Nase. „Hast ja Glück gehabt, dass sie nicht gebrochen ist", frotzelte Papa Schuster. „Sei nicht so gemein."

Mama Schuster hörte der Kramerin gerne zu, begutachtete ab und an ein wenig neidisch ihre topmodische Kleidung oder schluckte einen Kommentar hinunter, wenn sie mit einer sündhaft teuren Handtasche, die eher einem Abfalleimer gleichschaute, vorbeikam. Na ja, mehr als auf ihre Garderobe war Mama Schuster auf ihre beruflichen Erfolge neidisch. Auf der anderen Seite: Wenn sie im Sommer den Nachmittag mit den Kindern im Freibad verbrachte, tät sie mit der Kramerin nicht tauschen wollen. Jedenfalls zählte sie zu Mama Schusters besten Freundinnen, und Geheimnisse waren bei ihr gut aufgehoben. „Weißt du noch, wie du die glühende Zigarette hast fallen lassen, als dir eine Spinne ins Gesicht gehüpft ist?" Nie und nimmer würde Mama Schuster das vergessen! Ausgerechnet in einem Heuschuppen, es war stockfinster, krabbelte das widerliche Vieh auf Mama Schusters Nase, und sie hatte sich zu Tode erschreckt. Gemeinsam mit der Kramerin war sie auf allen Vieren über den Boden gekrochen, um die blöde Zigarette zu finden. Letzten Endes pumpten sie literweise Was-

ser aus dem Brunnen und überfluteten den gesamten Boden. Seitdem wurde nie mehr heimlich
geraucht.

Grau ist auch schön

„Was du immer gleich hast! Du glaubst auch jeden Grampf!" Papa schimpfte mit Mama. Die Familie saß am Frühstückstisch und Mama sagte, dass sie heute ein Gespräch mit der Kindergärtnerin habe: „Sie hat gemeint, sie muss mich ganz dringend sprechen." Papa hatte nicht vor, Mama weiter zuzuhören, und schlug die Zeitung auf. Mama redete einfach weiter: „Es geht um Simmerl, er m ...", weiter kam sie nicht, denn just in dem Moment schubste Simmerl sein Saftglas um, und der volle Inhalt ergoss sich über Mitzerl. „Äh. Ja, ich geh dann mal an die Arbeit." Papa verzupfte sich (= machte sich davon) und Mama stöhnte: „Auch das noch!" Bis Mitzerl umgezogen und der Boden aufgewischt war, verging die Zeit viel zu schnell, und die Schusters schafften es diesmal nicht, pünktlich im Kindergarten zu sein. „Da sind Sie ja endlich. Ich habe nicht den ganzen Tag Zeit", mürrisch bedeutete die Erzieherin Mama, ihr zu folgen. Mitzerl trollte sich in die Puppenecke, und Simmerl kam nicht umhin, sich nun doch zu fragen, was denn eigentlich los sei. Er kaute auf der Unterlippe, und da kam ihm plötzlich eine Idee: Ich male der Mama ein Bild! Da freut sie sich bestimmt! Er versetzte seine Freunde in der Bauecke und suchte sich einen Platz am Maltisch. Weil bald Heuernte war, entschloss er sich, ein Bild davon zu malen. Für Mamas kasige Haxen wählte er einen grauen Stift, und Papa, ja der war im Sommer immer braun. Und Mitzerl, die war meistens dreckig, da passte schwarz. Grau auch.

Gegen Mittag kam Mama und holte die beiden ab. Voller Stolz hielt ihr Simmerl gleich das Bild unter die Nase. Nanu? Sie freute sich gar nicht, schaute sogar traurig aus. Schön langsam wurde Simmerl grantig, hatte er doch den gesamten Vormittag dafür verbraten. Und auf die Bauecke verzichtet! Beim Mittagstisch, nach dem Tischgebet, fing Mama dann endlich an zu reden. Über Farben, die prächtige Farbenwelt der Natur, wie bunt die Blumen sind oder die Clowns. Sie redete ununterbrochen über Farben. Und jeder zweite Satz lautete: „Was sagst du, Simmerl? Findest du das auch schön?" Der Bub konnte sich nicht wirklich einen Reim darauf machen, entschloss sich aber, sicherheitshalber einfach mal mit Ja zu antworten. Aber zufrieden war Mama anscheinend mit seinen abgehackten Jas, die schon bald in ein stummes Kopfnicken mündeten, eher nicht, und völlig unerwartet fragte sie Simmerl: „Bist du glücklich?"

„Nein", sagte Simmerl. Wenn Ja nicht richtig ist, dann ist vielleicht Nein richtig, dachte er. Aber das war total verkehrt, denn die Mama fing an zu weinen. Sie umarmte ihn, faselte unverständliches Zeug von wegen Termin bei einem Psychologen, schnäuzte sich und fragte: „Du, Simmerl, warum malst du alle deine Bilder in den Farben Grau, Braun oder Schwarz?"

Endlich eine leichte Frage, und Simmerl strahlte bis über beide Ohren: „Ganz einfach, Mama! Der Dreck und der Letten (= Schlamm) oder die Erde sind schwarz, braun oder grau. Das sind meine Lieblingsfarben. Und die Stifte sind auch immer frei, weil die außer mir keiner braucht, und dann bin ich als Erster fertig mit der Malerei!" Plötzlich fing die Mama an zu lachen, ja sie konnte gar nicht mehr aufhören. Sie streichelte Simmerl über den Kopf und sagte: „Du, mal halt beim nächsten Bild ein wenig Gras oder einen Rasen dazu." Simmerl verstand zwar nicht, wegen was, aber er dachte bei sich: Auf den grünen Stift wart ich garantiert nicht. Wenn, dann male ich eben dürres Gras hin, weil das ist grau.

Die Bergerin

Was gute Nachbarschaft wert ist, schätzten die Schusters, seit ein Nachbar sich in den Kopf gesetzt hatte, seine über 30 Meter lange Scheune direkt auf die Grenze zu pflanzen. Der Nicht-nette-Nachbar wehrte sich von Haus aus vehement gegen moderne Errungenschaften. Regenrinnen? So ein Grampf! Solange das Wasser zu den Schusters in den Stall läuft, pah! Mir egal. Grüßen? Wieso? Ich red kaum mit meiner Frau, warum dann mit den Nachbarn? Und warum er kein Lagerfeuer neben dem Heustadel von den Schusters bei 35 Grad Celsius abfackeln sollte? Wenn's ihm nach einer Grillwurst war, dann musste diese exakt wenige Meter neben dem Schuster-Stadel gebrutzelt werden. Liebend gerne hätten die Schusters selbst eine Berliner Mauer in die Höhe gezogen.

Glücklicherweise wohnte auf der anderen Seite des Gartenzaunes die Bergerin: die perfekte Hausfrau schlechthin! Wenn die Hühner von Mama Schuster zu wenig Eier produzierten, die Bergerin hatte bestimmt welche übrig. Ging die Milch aus und dem Kartoffelbrei drohte das Aus, die Bergerin hatte garantiert ein paar Tetra-Pak übrig. Aber nicht nur als praktischer Notfall-Lebensmittelladen von nebenan gehörte die Bergerin zu den Jogginghosen-Weibern. In Sachen zusammenhaltende Geheimnis- krämerinnen war sie unschlagbar. „Weißt du noch, wie du in der Schule aus Versehen deinen Ordner in den Feuer-wehr-Alarmknopf geschlagen hast?" Oh Gott! Diesen Tag würde die Schuster-Mama ein Leben lang nicht vergessen. In der Pause scherzten und alberten die Mädchen rum, schubsten sich und eine versteckte die Schulsachen der anderen. Mama Schuster eroberte ihren Ordner zurück und hob ihn triumphierend in die Höhe, schlug dabei aber versehentlich das Glas vom Feuer-knopf ein. Sofort schrillten die Alarmglocken, das gesamte Schulhaus wurde evakuiert, und kurze Zeit darauf rückten die Feuerwehren und die Polizei an. Als sich das Ganze als das, was es war, ein Fehlalarm, herausstellte und die Rektorin mit erhobenem Zeigefinger auf der Treppe stand und bis auf Mama Schuster alle neugierig die Köpfe hoben, da hatte die Bergerin ihren Mund gehal-ten. Nur sie hatte gesehen, wie Mama Schuster ihren Ordner in den Notruf geschleudert hatte.

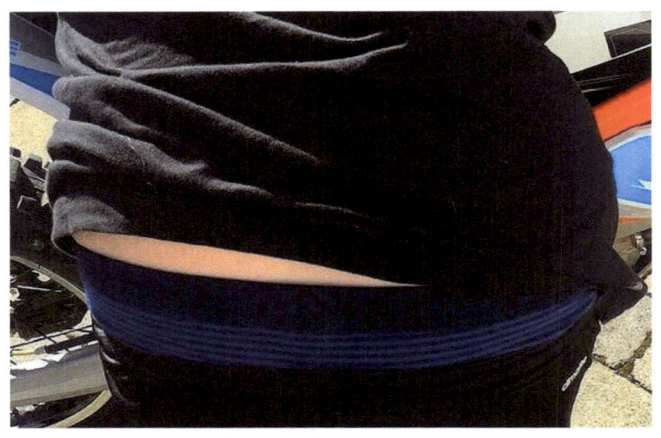

Die neue Unterhose

„Die hat so viel Geld gekostet! Und jetzt zieht er sie nicht an!", beschwerte sich die Haidner-Oma. Sie hatte sich neben Mama Schuster aufgebaut, die mit zurückgekrempelten Ärmeln im Garten werkelte. Simmerl hatte jüngst seinen 10. Geburtstag gefeiert. Der modebewusste Bub wünschte sich nichts sehnlicher als eine Unterhose mit breitem Gummiband, auf dem ein Markenname steht. Zurzeit trugen nämlich alle Jungs den Hosenbund knapp unter dem Po, und die Unterhose musste rausschauen. Mamas Standardsatz: „Zieh deine Hose rauf!" ließ Simmerl zur Teflonpfanne werden, und ihre Worte perlten einfach ab. Mama konnte es überhaupt nicht leiden, wenn der Sparschlitz zu sehen war.

„Jetzt sag doch endlich was! Die Unterhose ist eine gute Qualität. Die zwickt nicht und die kann er tragen, bis er 30 ist, so gut ist die verarbeitet!" Die Haidner-Oma raufte sich die Haare. Simmerls Undankbarkeit brachte sie richtig in Rage. „Oder hast du die neue Unterhose verwaschen? Das schaut dir gleich, dass du auf die guten Sachen nicht aufpasst!" Mama Schuster schnaufte durch, drückte das Unkraut in Händen so fest zusammen, dass es wohl ohnehin abgestorben wäre. Unter höchstmöglicher Anstrengung brachte sie beherrscht heraus: „Nein, natürlich nicht. Sie liegt gewaschen und gebügelt in seinem Schrank. Ich werde ihn fragen, warum er sie nicht anziehen möchte." Die Haidner-Oma gab sich vorerst zufrieden und dampfte ab.

Gleich beim Abendessen wollte Mama dann von Simmerl wissen: „Du, warum ziehst du denn die neue Unterhose von der Oma nicht an? Sie tät sich so sehr freuen." Simmerl trippelte mit den Fingern auf den Tisch, neigte den Kopf und flüsterte: „Mensch Mama, ich kann doch keine Unterhose anziehen, wo ‚Schisser' draufsteht!" Papa Schuster lachte hellauf und sagte: „Wenn ihr beide, du und Mitzerl, eine Unterhose anzieht, wo ‚Scheißerin' draufsteht, dann soll Sim-

25

merl seine auch anziehen!" Die Schuster-Mama war perplex und gab Ruhe. Schließlich würde sie selbst so eine Unterhose auch nicht anziehen. Sie grübelte noch, ob sie das vielleicht überlesen hatte. Doch so genau hatte sie sich die Unterhose nicht angesehen. Allein schon deswegen, weil sie gegen den „Hose-unterm-Arsch-Trend" war. Also, Thema erledigt.

Doch am nächsten Vormittag stapfte die Haidner-Oma wieder in den Garten: „Und? Warum mag er die teuere Unterhose nicht anziehen?" Mama Schuster runzelte die Stirn und stellte eine Gegenfrage: „Sag mal, wo bekommt man eigentlich Unterhosen her, wo ‚Schisser' draufsteht?" „Was! Ja so ein Grampf!" Erbost fauchte die Haidner-Oma: „Das ist eine Schiesser-Unterhose! Und die gibt es schon seit 1875. So eine gute Qualität kennt ihr jungen Leute wohl nicht mehr!"

Wenn die Mama mit der Tante …

Wenn wer eine Fernbeziehung erfolgreich am Leben hielt, dann waren das die Schuster-Mama und die Tante. Die Tante war nämlich Ausländerin geworden, weil sie einen Österreicher geheiratet hatte. So wie die Tante gerne Heimaturlaub in Bayern machte, so brüsteten sich die Schusters mit: „Wir fahren in den Urlaub", wenn sie für ein paar Tage die Tante besuchten. Dass die beiden täglich telefonierten und sich über jeden Unsinn austauschten, das nervte Papa Schuster wegen der hohen Telefonrechnung, und der Haidner-Oma fehlte das Verständnis, weil die Mama und ihre Schwester ja als Kinder nur gestritten und gerauft hatten.

Na ja, nicht nur. Manchmal, da haben sie sich auch recht gut vertragen. „Weißt du noch, als du mit 17 heimlich mit deinem Auto gefahren bist und hast ein Reh gerammt?" Nur ungern erinnerte sich die Tante an diesen unglückseligen Herbsttag zurück, vor allem, weil das Auto noch nicht versichert war. Weil die Schuster-Mama damals schon volljährig war, hatte sie das Missgeschick ausgebadet, einen Versicherungsvertrag abgeschlossen und mit dem Jäger das Reh auf dem Papier noch ein paar Tage leben lassen.

„Weißt du noch, als du dich nicht mehr aus der Telefonzelle getraut hast?" Oft lachten sie darüber, denn tät heutzutage ein Riesenköter Mama Schuster verfolgen, dann gäbe es gar keine Telefonzelle mehr, wo sie schutzsuchend hineinflüchten könnte. Die Tante war herbeigeeilt, um das Tier in Schach zu halten.

„Oder weißt du noch, als wir den Wagen der steinalten Heiningerin umgeparkt haben?" Die ewige Grantlerin parkte jeden Sonntagvormittag ihr Auto dermaßen ungünstig vor der Kirche, dass es halb auf dem Gehweg und halb auf dem Kirchenvorplatz stand. Mit ihrem unerschütterlichen Glauben an ihre Person – sie ist schließlich die Frau Heininger – hätte sie im Traum nicht daran gedacht, Opfer eines Streiches zu werden. Wahrscheinlich ließ sie deswegen auch stets den Autoschlüssel stecken. Mama Schuster und die Tante warteten, bis die Glocken zusammenläuteten, stiegen in das Auto und parkten es um die Ecke auf der Freifläche vor dem Friedhof. Dass das halbe Dorf überall suchte, nur nicht beim Friedhof, damit hatten sie nicht gerechnet. Jedenfalls drohte die Heiningerin mit Anzeige und höllischen Strafen. Am Ende bereuten Mama Schuster und die Tante ihren Streich bitterlich, weil er sie viel

Zeit gekostet hat. Wie alle anderen auch, haben sie sich nämlich stundenlang an der Suchaktion beteiligt.

Die Vorbei-Messe

Früh übt sich, wer ein richtiger niederbayerischer Kirchgänger werden will, oder, in Simmerls Fall, dazu verdonnert wird. Gerade hatte der zwölfjährige Bub ein kräftezehrendes Wochenende für Firmbewerber hinter sich gebracht, da nervte seine Mama schon wieder: „Beeil dich! Die Palmprozession beginnt gleich!" Weil Simmerl mit den Gepflogenheiten eines Kirchgängers nicht unbedingt vertraut war, konnte er nicht verstehen, warum ihn seine Mama in kurzer Hose und T-Shirt nicht mitnehmen wollte. Dazu muss man wissen, seit seinem Bastel-, Bet- und Gruppenstundenmarathon für die Erstkommunion hatte der Bub, mit Papas Einverständnis, seine Kirchenbesuche auf Weihnachten reduziert. Und im Winter ist es ja kalt. Doch um des lieben Friedens willen zog er sich eine lange Hose an. Nein, keine Jacke. Viel zu warm.

Endlich vor der Kirche angekommen, musste er sich mit seiner Mutter in eine lange Schlange einreihen. Sie ließ ihn keine Sekunde aus den Augen, und notgedrungen griff er in ein Körbchen. „Los. Such ein Palmsträußerl aus!" Mama kramte indes nach Kleingeld. Zwei Euro warf sie in eine Dose, darauf stand: Für die Ministranten. „Willst du wirklich einen mit einer pinkfarbenen Blume?" Mama hielt Simmerl am Arm fest. Nein, wollte er natürlich nicht. Er stöhnte, legte den Palmbuschen zurück ins Körbchen und zerrte einen mit blauer Blume heraus. Leider fexte (= brach) er schon einige Ästchen ab, und grantig polterte seine Mama los: „Du bist unmöglich! Ein richtiger Trampel!"

Die abgerissenen Palmkätzchen purzelten zu Boden, und Mama schubste sie mit dem Fuß unter das Tischchen. Dann zog sie Simmerl Richtung Pfarrer, der mit den Ministranten gerade auf den Kirchenvorplatz einzog. „Rühr dich nicht vom Fleck! Ich sing mit dem Chor, und nach dem Einzug treffen wir uns in der Kirche!" Endlich hatte sich seine Mama beim Kirchenchor eingereiht, und Simmerl schlich sich spitzbübisch – er ging rückwärts, falls Mama doch noch einmal schauen sollte – Richtung Franzl. Er hatte seinen Freund sofort entdeckt, und als er Mama los war, konnte er sich ruhig zu ihm gesellen. „Wo ist denn dein Palmbüscherl?", wollte Simmerl wissen. „Brauche ich nicht. Das Geld erbarmt mir", sagte Franzl.

Er grinste über beide Ohren: „Du, deine Mama singt im Chor und meine ist daheim. Komm, wir gehen in die Bäckerei und holen uns einen Krapfen. Ich hab ja noch das Geld vom Palmbuschen." Simmerl gefiel die Idee und die Mama war vergessen. Die Buben mischten sich unter die Gemeinde, und ganz langsam verschwanden sie in der hintersten Reihe. Weil alle dem Pfarrer zuhörten, an ihren Palmbuschen zupften, nörgelnde Kinder beruhigten oder einfach nur von einem Bein auf das andere traten, interessierte es eigentlich niemanden, dass die zwei Reißaus nahmen. Sie schlichen die Kirchenmauer entlang, und kaum hatten sie die Hauptstraße erreicht, rannten sie um die Wette, wer als Erster in der Bäckerei ist.

Mit ihren Krapfen setzten sie sich auf eine Bank, genossen die ersten warmen Sonnenstrahlen, und es schmeckte hervorragend nach Freiheit und Frühling. Franzl erzählte, dass sein Papa bei so langen Gottesdiensten auch immer an der Kirche vorbeigeht und sich dann eine Halbe im Wirtshaus kauft. Simmerl musste lachen: „Ja! So kann man es auch machen! Und ist viel lustiger!"

Als die ersten Gottesdienstbesucher aus der Kirche kamen, sprangen sie auf und stellten sich artig etwas abseits der schweren Eichentüre auf. Sie nickten und grüßten, wünschten einen schönen Sonntag. Simmerl sah seine Mama und entschuldigend meinte er: „Ich habe dich leider nicht mehr gesehen. Franzl und ich sind in der letzten Reihe gesessen. Du hast recht, ein jeder gute Christ geht am Palmsonntag in die Kirch, und wir haben fast keinen Platz mehr bekommen. So wichtig sind den Menschen die Feiertage. Das hab ich jetzt verstanden." Mamas Augen schossen Blitze und zornig fauchte sie: „Wisch dir den Puderzucker aus dem Gesicht!"

Die Zinzenzellnerin

Die Zinzenzellnerin komplettierte die Jogginghosen-Weiber. Als Briefträgerin lief sie täglich das gesamte Dorf ab, und sie wusste alles! Noch bevor es in der Zeitung oder im Kirchenzettel stand oder manchmal sogar, bevor es Betroffene erfuhren: Die Zinzenzellnerin war die Ratschkathl schlechthin. Wollte wer ein Gerücht in die Welt setzen, jemanden eins auswischen oder einfach nur ins Gespräch kommen, da war sie genau die richtige Adresse.

Gut, nicht immer. Denn was die wenigsten vom Dorf wussten, die Zinzenzellnerin hat auch schweigen können wie ein Grab. „Weißt du noch, als du die nigelnagelneue Schultasche von der Ehrbacherin ins Gebüsch gestellt hast?" Sofort roch Mama Schuster Hundedreck. Sie war nämlich damals die Boshafte gewesen. Leider mussten sie alle im Schulbus den fürchterlichen Gestank aushalten und das Gemotze von der Ehrbacherin, die wissen wollte, wer so frech gewesen war. „Oder weißt du noch, wie wir die Flasche am Boden festgeklebt haben?" Ja, das hätte teuer enden können. Es gab eine Mitschülerin, die eifrig die Flaschen, ob leer, halbleer oder voll, einsammelte und das Pfand kassierte. Deswegen hatten Mama Schuster und die Zinzenzellnerin unter dem Tisch dieser dreisten Diebin eine Flasche mit Superkleber festgeklebt. Der Hausmeister musste kommen und der Boden nachträglich repariert werden. „Oder weißt du noch, als wir im Jugendheim in die Pizzasemmel vom Ranzenberger einen Kronkorken gesteckt haben?" Gott sei Dank erfreute sich der Ranzenberger über 25 Jahre später bester Gesundheit. Nach wie vor war es den Frauen ein Rätsel, wie er die Semmel mit dem Kronkorken verspeisen konnte. Ärgern wollten sie den Langweiler, vielleicht ein wenig aus der Reserve locken. Mit Adleraugen hatten sie ihn beobachtet, doch er hatte die komplette Pizzasemmel verspeist, nichts in eine Serviette oder seine Hand gespuckt.

Ein Pferd pieselt

Zu Hause bei Mitzerl gibt es einen ganzen Haufen Pferde. Die Vierbeiner taten eigentlich nichts anderes, als täglich auf der Weide zu stehen und zu grasen. Mama mistete, wie jeden Vormittag, die Ställe aus, und Mitzerl vertrieb sich derweil die Zeit, indem sie im Gras hockte und Gänseblümchen pflückte. Doch plötzlich wurde es unruhig, die Viecher wieherten, galoppierten aufgescheucht über die Weide, und Buale trieb die Luka in die Ecke. Mitzerl rieb sich die Augen, eigentlich war der Buale ein Braver. Doch was er jetzt anstellte, das war für Mitzerl zu viel! „Mama!", ihr Stimmchen überschlug sich: „Komm schnell!

Der Buale springt auf die Luka und pieselt sie ab!" Mitzerl weinte und Mama warf die Mistgabel beiseite, eilte herbei und hob Mitzerl hoch: „Schau, wenn der Buale die Luka abpieselt, dann bekommen wir im nächsten Frühling wieder ein Fohlen." Das Mädchen beruhigte sich, und alsbald vergaß sie den Deckakt. Weder Mama noch Papa verloren darüber ein Wort. So wichtig war das jetzt auch wieder nicht, und bei den Schusters ganz normal. Entweder Stute und Hengst mochten sich oder eben nicht. Künstliche Besamung oder Gefriersamen, nein, den Aufwand betrieben sie nicht.

Der Sommer verging, und im Herbst fuhren die Schusters in die Großstadt. Papa entschied: „Wir kaufen uns ein Wohnmobil. Dann können wir hinfahren, wo wir wollen, und wenn es uns da nicht gefällt, dann können wir gleich wieder heimfahren." Ausflüge in die Stadt waren eher die Seltenheit, und so stimmte Papa zu und Mama freute sich riesig auf den Stadtbummel. Weil das Wohnmobil so teuer war, Papa wollte kein Geld mehr ausgeben, aber für eine Pizza sollte es noch reichen. Papa war mit Simmerl vorausgegangen, weil er und Mitzerl heftig stritten. Simmerl wollte, wie Papa, eigentlich nach Hause. Mitzerl wollte, wie Mama, durch die Stadt schlendern. Simmerl beschwerte sich bei Papa, warum Mitzerl kein Bruder war. Mitzerl machte ihrem Ärger, warum Simmerl keine Schwester war, Luft.

Es war ein wunderbarer Altweiber-Sommertag, und es wimmelte nur so von Menschen. Plötzlich fiel Mitzerl wieder etwas ein. Aus Leibeskräften schrie sie über den Stadtplatz: „Papa! Kannst du mal auf die Mama springen und sie abpieseln! Ich möcht unbedingt eine Schwester haben!" Entsetzt blieb Papa stehen und brachte kein Wort heraus. Neugierige Blicke hafteten auf den Schusters, und etliche Menschen kamen nicht umhin, schmunzelnd mit dem Finger auf die Familie zu zeigen: „Wie geht's denn bei denen zu?" Papa kniff die Augen zusammen und lief feuerrot an. Und Mama, ja, sie lachte, bis ihr die Tränen über das Gesicht liefen.

Die Nacht im Heu

Zusammengerechnet hatten die Schuster-Mama, die Tante, die Bergerin und die Zinzenzellnerin sieben Kinder. Die Kramerin kam auch. Ohne Kind, weil sie keins hatte, aber es ihre Idee war, im Heustadel zu übernachten. Als sie noch jung waren, die fünf Jogginghosen-Weiber, hatten sie oft im Heu gespielt und geschlafen. Sie bauten Höhlen, sprangen von Balken in loses Heu oder versteckten sich, wenn es eigentlich Zeit zum Heimgehen war. Jedenfalls hatte die Kramerin gemeint, so eine Erinnerungsnacht wäre ganz nett, und den Kindern würde es auch gefallen.

Und wie es den Kindern gefiel! Sie schleppten Kissen und Decken, Taschenlampen und Kuscheltiere über die wackelige Stiege in den Heuboden. Natürlich durfte ein Brotzeitkorb nicht fehlen. Zur Abendstunde klopften die Mamas den Kindern Staub vom Leib, zupften Berge von Heu aus den Haaren und eine jede jammerte, dass sie das dürre Gras wieder aus den Wolldecken herausfieseln muss. Aber das Lager war fertig und die Kinder mächtig stolz! Ein Schlafplatz für jeden, sogar mit einem Nachttisch-Bindel. Schon bald wurden ihnen die Augenlider schwer, hatten sie sich doch den ganzen Tag abgestrampelt. Seelenruhig schliefen sie ein. Derweil tratschten die Mamas und die Kramerin leise. „Wisst ihr noch, wie wir ein Haus im Heu gebaut haben und ein Bindel (= kleiner Heuballen) auf der Kramerin ihre Nase geflogen ist?" Das hatte eine Sauerei gegeben, als sie mit blutender Nase davonlief. „Oder als wir den Lumpi nicht mehr gefunden haben!" Der alte Hofhund war zwischen die Bindel gerutscht, und das Heu musste neu gestapelt werden, um ihn zu befreien.

Die Zinzenzellnerin saß plötzlich aufrecht im Heu: „Du Schusterin, habt ihr Mäuse?" „Freilich haben wir Mäuse." Die Zinzenzellnerin strampelte sich aus ihrem Schlafsack: „Ich steige runter und suche eure Katzen." Statt die Zinzenzellnerin zu beruhigen, zogen alle die Haxen an, angewidert vom Gedanken, eine Maus könnte drüberlaufen. Die Kramerin leuchtete indes mit der Taschenlampe den Heuboden aus: „Seit wann hängen hier heroben so viele Spinnennetze?" Mama Schuster schnappte sich einen Heuhalm und kitzelte die Bergerin, die neben ihr lag, an der Wange. Erschrocken fuhr sie zusammen: „Pfui Teufel! Ich glaube mir krabbelt eine übers Gesicht!" Die Schusterin lachte und sagte: „Das kann nicht sein. Ich habe den Mäusen und den Spinnen heute Nacht freigegeben." Keuchend rumpelte zwischenzeitlich die Zinzenzellnerin die Stiege wieder hoch, zwei Katzen unter dem Arm eingeklemmt. „So, die werden uns beschützen." Die

Kramerin leuchtete die Katzen an, und laut maunzend flitzten sie mit aufgestelltem Schwanz davon. Na ja, morgen neben einer halb aufgefressenen Maus aufzuwachen, das ist auch kein schöner Anblick. „Wann haben wir angefangen, über Mäuse und Spinnen nachzudenken?" Die Schusterin kam nicht umhin, sich zu fragen, warum sie als Kinder überhaupt nicht an Nagetiere oder Ungeziefer im Heu nachgedacht hatten. Jedenfalls tat keine der Frauen ein Auge zu. Wie gerädert stiegen sie am nächsten Morgen die Stiege runter. Papa Schuster wartete schon und empfing sie mit der Frage: „Na, wie war eure Kindheits-Gedächtnis-Nacht?"

Der Hahn ist tot

Ein rechtes Kreuz hatte die Schuster-Mama mit dem Gigal, einem wunderschönen Zwerghahn. Bunte Federn zierten sein Kleid, und erhaben stolzierte er Tag für Tag über den Hof. Einsperren zu den Hennen, ja das war missglückt. Und auch nicht sinnvoll, weil er in seiner Bosheit seinem Harem die Köpfe herbeckte (= pickte), bis sie bluteten. Jedenfalls konzentrierte er seine Bosheit, seit er aus dem Hühnerstall geflogen war, auf Mama Schuster. Kaum drehte sie ihm den Rücken zu, sprang er sie von hinten an und pickte ihr in die Waden. Der Hahn wurde immer aggressiver und war nicht mehr zu bremsen.

Mama Schuster traute sich nur noch mit Besen oder Mistgabel bewaffnet in seine Nähe.

Beim Mittagstisch beschwerte sie sich bei Papa Schuster über den leidigen Gesellen in der Hoffnung, er würde kurzen Prozess machen und dem Hahn den Kopf abschlagen. Aber er hatte diese Woche keine Zeit, dem Vieh den Garaus zu machen. Stattdessen sagte er: „Schau, was Mitzerl in der Probe geschrieben hat. Passt grad so schön."

Mama Schuster griff das Blatt und las, wie immer, zuerst den Kommentar der Lehrerin: „Liebe Familie Schuster! Wir, die Lehrerschaft von der Grundschule, haben Mitzerl für die bayerische Sprachwurzel nominiert. Trotzdem empfehlen wir Ihnen, zu Hause doch etwas Hochdeutsch zu sprechen." Mama Schuster drehte das Blatt um. Sofort sprang ihr ins Auge, was die Lehrerin meinte. Sechs Bildchen waren zu beschriften, und eines davon zeigte einen Gigal, also einen Hahn. „Gigal" hatte Mitzerl geschrieben. „Hahn" hatte die Lehrerin drunter geschrieben und „Gigal" durchgestrichen.

Papa Schuster lachte, und auf Anhieb fielen ihm zig weitere Wörter ein, die Mitzerl und Simmerl auf Bayerisch zu Papier gebracht hatten: „Weißt du noch? Schdürobor statt Styropor? Oder beim letzten Aufsatz?" Simmerl hatte über einen Ausflug in den Wald geschrieben: „Und dann haben meine Freunde und ich abgebogen." Er meinte, sie hätten die Lust verloren, die Lehrerin korrigierte: „sind … abgebogen."

Jedenfalls hörte Mama Schuster nicht weiter zu und ging zurück in den Stall, die Pferde ausmisten. Sie schnappte sich den Reisigbesen und schaute wie ein Luchs. Ihre Waden brannten noch vom Angriff in der Früh. Und tatsächlich! Der Gigal hatte den Schlag schon verdaut und stürzte sich auf Mama Schuster wie ein Geier! „Nein! Diesmal nicht!"

Mama Schuster packte den Besen gleich mit zwei Händen und erwischte ihn vollends im Sturzflug. Der Volltreffer schleuderte den Hahn gegen die Stallwand, er rutschte in Zeitlupe hinunter und blieb liegen. Vorsichtig stakste Mama Schuster zu ihm hin und stupste ihn mit dem Besen. Nichts. Er rührte sich nicht. Na ja, dachte sie, er wird sich gleich erholen. Das war bis jetzt immer so. Doch auch nach zehn Minuten lag er regungslos am Boden. „Der wird schon wieder." Sie holte einen Eimer mit kaltem Wasser und kippte es über den Gigal. Nichts.

Da stapfte Papa Schuster um die Ecke und schüttelte sich vor Lachen: „Na, Frau, jetzt hast ihn gleich doppelt hingemacht, erschlagen und ertränkt."

Ausflug mit der Tante

Aufgeregt hüpften Mitzerl und Simmerl in der Küche auf und ab. Heute kommt die Tante aus Österreich! Auch Mama Schuster freute sich auf den Besuch ihrer Schwester und Goli-Kind Lenchen. Goli, so sagte Lenchen zu ihrer Tante. Dass ein Taufpate auf Österreichisch Goli heißt, lernte Mama Schusters Schwester, als Lenchen einmal traurig vom Kindergarten heimkam und weinte: „Warum habe ich keine Goli?" Erst nach umfangreichen Recherchen konnte dann in Erfahrung gebracht werden, was eine Goli ist. Und natürlich hatte auch Lenchen eine Goli.

Kaum brausten die Tante und Lenchen in den Hof, hüpfte die Schuster-Mama mit den Kindern zu ihr ins Auto: Ab zum Bahnhof! Mit der Waldbahn sollte es eine lustige Fahrt in den Bayerischen Wald werden, mit Aufenthalt in einem bayerischen Städtchen, Bummeln und Spazierengehen. Doch schon die Bahnfahrt war ein Graus. Von dem ursprünglichen Kinderwunsch „Wir wollen mal mit dem Zug fahren" war nichts mehr übrig. „Langweilig", „Langsam", „Wann sind wir endlich da?" Bereits nach wenigen Minuten Zugfahrt sprangen die drei kreuz und quer durch das Abteil. Weder die schöne Landschaft noch die ruckelige Fahrt über die Gleise konnte die Wildfänge zähmen. Schon zum vierten Mal mahnte der

Schaffner, dem Blick nach zu urteilen sehr jung und kinderlos: „Wenn Sie Ihre Kinder nicht im Griff haben, muss ich Sie bitten, auszusteigen." Indes war es Mama Schuster und ihrer Schwester ohnehin peinlich, dass die drei heute so gar keine Manieren zeigten.

Zu allem Überfluss regnete es am angestrebten Reiseziel, einem Luftkurörtchen, in Strömen. Ohne Regenschirm stapften die zwei Frauen mit gesenkten Köpfen und den drei Kindern im Schlepptau in die Stadt. Wie ausgestorben! Kein Museum geöffnet, kein Laden und kein Gasthaus! Erst ein Plakat, nur mit Anstrengung zu entziffern, weil es der Regen arg in Mitleidenschaft gezogen hatte, klärte auf, warum sie in einer Geisterstadt waren. Irgendein Stadtlauf außerhalb.

„Suchen wir die Kristallglaspyramide." Genervt vom schlechten Wetter und vom noch schlechteren Benehmen der Kinder, latschten die Frauen zurück. Schnell entdeckten sie die Pyramide: hoch, haufenweise Kristallgläser, geschützt von einer Glaswand. „Fahren wir heim." Alle waren sich einig. Doch als sie das Gelände nach wenigen Minuten verlassen wollten, war das Tor geschlossen. Ein gutgemeintes Zettelchen: „Falls das Tor geschlossen ist, rufen Sie diese Nummer an", half nicht weiter. Wer weiß denn schon die Vorwahl von irgendeinem niederbayrischen Städtchen auswendig! Sie schlichen die Mauer entlang. Nichts. Kein Aus- oder Eingang. „Hilft nichts, wir klettern drüber." Plötzlich waren die Kinder hellauf begeistert! Mama Schuster machte für die Tante mit den Händen einen Steigbügel. So, sie saß auf der Mauer. Der Reihe nach hob sie Lenchen, Mitzerl und Simmerl hoch. Die Tante hielt sie fest und seilte sie langsam auf der anderen Seite ab. „Wie kommst du jetzt rauf?" Die Tante lachte plötzlich. „Gib mir deine Hand." Sie nahm die Mauer wie ein Pferd zwischen die Beine, und Mama Schuster kraxelte wenig elegant hoch. „Verdammt!" Sie schlitterte mit den Knien über das Mauerwerk und zerriss die Hose. Auch die Jacke trug Blessuren davon. Weil die Tante so gelacht hatte, war Mama Schuster sauer.

Auf dem Rückweg zum Bahnhof stapfte Mama Schusters Schwester zügig voraus, sie musste immer noch lachen. Weil auf dem Bürgersteig eine Wasserpfütze nach der anderen Lenchen zum Hineinspringen verlockte, packte sie ihre Tochter unter den Arm und trippelte vorsichtig am Pflasterrand entlang, den Blick starr auf die Pflasterkante gerichtet. Mama Schuster schrie noch: „Achtung!" Aber die Warnung kam zu spät. Ein Lkw sauste vorbei, und leider war die Tante mit Lenchen gerade an einer Stelle, wo sich auf der Straße eine riesige Wasserlache angesammelt hatte. Es platschte und der Reifen des Lkws peitschte das Wasser über einen Meter hoch und schenkte der Tante eine kalte Dusche. Jetzt hatte Mama Schuster was zu lachen.

Die kranke Katze

Mister Cat war ein sehr eigenbrötlerischer Kater. Er lebte auf dem Hof der Schusters. Er war Selbstversorger und lehnte jegliches Futter aus Menschenhand ab. Mister Cat ernährte sich davon, was die Natur zuhauf hergab: von Mäusen. Doch eines Tages schleppte er sich röchelnd auf die Terrasse, und Mama Schuster befürchtete, er hätte etwas verschluckt. Steckt ihm vielleicht ein Mäuseknochen im Hals fest? Zusammen mit Mitzerl quetschte sie den aufbrausenden Kater in das Körbchen und sauste mit ihnen zum Tierarzt. Weil der Haus- und Hofveterinär im wohlverdienten Urlaub weilte, musste es ein fremder Tierarzt in der nahegelegenen Stadt sein. Bereits die Parkplatzsuche artete wegen tausend Baustellen in Stress aus. Mama Schuster und Mitzerl schleppten den Kater im Käfig gut zwei Kilometer, bis sie endlich das Gebäude an der Hauptstraße erreichten.

„Ah, Arzt!" Mama sah das weiße Schild mit den roten Lettern und dem Pfeil in das erste Obergeschoss. Mitzerl stapfte hinterher. Mama klopfte, trat ein und stellte die Katze im Korb auf die Anmeldetheke: „Grüß Gott. Schuster. Ich habe angerufen." Mordserschrocken schlug die Arzthelferin die Hände über dem Kopf zusammen: „Um Gottes willen! Tun Sie die Katze raus! Hier können Sie nicht bleiben!" „Doch. Wir sind ein Notfall." Die tonnenähnliche Arzthelferin hatte mittlerweile Schnappatmung: „Gehen Sie mit ihrem kranken Vieh! Wir sind eine Hausarztpraxis!" Sie schoss hinter der Theke hervor, riss die Tür auf und schubste die Schusters hinaus. Verdutzt drehte sich Mama Schuster um. Tatsächlich, auf dem Türschild stand: Hausarztpraxis Dr. Voit. Mit Mitzerl im Schlepptau stieg sie die Treppe wieder runter. Unten angekommen zupfte Mitzerl sie am Ärmel: „Mama schau, da steht Tierarzt."

Tatsächlich. Gleich an der Türe, noch vor dem Treppenaufgang, prangerte in Mini-Schrift ein kleines, grünes Schildchen mit weißen Buchstaben. Das hatte die Schuster-Mama völlig übersehen. Sie ging hinein und entschuldigte sich fürs Zuspätkommen. Das freundliche Mädchen sagte, das sei gar nicht schlimm und sie sei bei Weitem nicht die Erste, die versehentlich in der Hausarztpraxis landete. Mama Schuster füllte den Anmeldezettel aus, und kurze Zeit später untersuchte der Tierarzt den Kater. Er diagnostizierte eine Grippe. Kein verschlucktes Knochenteilchen. Er verpasste Mister Cat eine Spritze und sagte: „Das kostet 125 Euro, in bar zu zahlen oder mit Karte." Überrascht vom hohen Preis und der notwendigen Sofortzahlung kramte die Schuster-Mama alles an Scheinen und Kleingeld zusammen, was sie dabeihatte: 97,20 Euro. Weil Mitzerl nicht als Pfand herhalten wollte, ließ sie die Katze stehen und eilte mit Mitzerl zurück zum Wagen. „Herrgott noch mal! Wo haben wir gleich wieder geparkt?" Mama Schuster hatte eine schrecklich miserable Orientierung und die von Mitzerl war nicht besser. Es dauerte seine Zeit, bis sie das Auto gefunden hatten, die EC-Karte aus dem Handschuhfach schnappten und dann die Suche rückwärts antraten. Doch als sie wieder vor der Türe standen, erlebten sie eine böse Überraschung: geschlossen. Die Sprechzeiten waren vorüber. Mitzerl schaute die Mama an und meinte: „Gut, dass ich mich gewehrt habe, als du mich dalassen wolltest. Sonst wäre jetzt ich da drin und nicht Mister Cat." Mama Schuster stimmte ihrer Tochter zu, und weil die Praxis erst morgen wieder öffnete, beschlossen sie heimzufahren. Papa Schuster wollten sie nichts sagen. Als Dankeschön erbettelte sich Mitzerl ein Eis, und es pressierte jetzt auch nicht mehr.

Wieder gut gelaunt fuhren die zwei, leider ohne Mister Cat, gegen Abend nach Hause. Papa Schuster wartete bereits in der Hofeinfahrt: „Du, Frau, du musst dem Tierarzt 125 Euro überweisen. Er hat den Kater gebracht." Mama Schuster stutzte: „Hat er überweisen gesagt?" Papa Schuster antwortete: „Ja. Ich hatte nur zwei Hunderter, und er konnte nicht wechseln."

Ein Wiener Würstchen am Ostersonntag

Die Schuster-Mama schwitzte! Grantig rammte sie Papa den Ellbogen in die Seite: „Jetzt hilf mir halt endlich!" Doch Papa lehnte sich zurück, schloss die Augen und zischte mit zusammenge-kniffenen Lippen: „Deine Idee. Ich war eh da-gegen." Also raufte Mama alleine weiter mit Sim-merl. Es war fünf Uhr morgens, und Mama hatte sich durchgesetzt: Die Schusters feiern die Oster-nacht. Und bis gerade eben war alles in bester Ordnung gewesen. Der zweijährige Simmerl schlief tief und fest in Mamas Armen, und weil er schon so schwer war, waren sie am Osterfeuer vorbeigegangen und hatten sich gleich in die Kirche gesetzt. Nun, als der Pfarrer mit den Ministranten in das Gotteshaus zog, zum zweiten Mal „Lumen Christi" rief und bis auf Mama alle „Deo gratias" antworteten, war Simmerl aufgewacht. Er wand sich in den Armen seiner Mama, strampelte mit den Beinchen und versuchte, sich mit seinen Ärmchen aus ihrem Griff zu befreien. Er hatte schon fast eine komplette Umdrehung in seinem Anorak geschafft. Das Unterhemdchen rutschte aus der Hose und Mama versuchte, seinen Nackerbezi-Bauch wieder einzukleiden. „Halt doch endlich still!" Doch Simmerl krallte sich an der Kirchenbank fest und bohrte seine neuen Schuhe in Mamas Bauch. Er wollte unbedingt wissen, was Mama in das Körbchen gepackt hatte. Papa hielt die Kerze einem Ministranten hin, der das Licht von der Osterkerze an die Gottesdienstbesucher weitergab. Er konnte sich ein Grinsen nicht verkneifen und fragte Mama scheinheilig: „Willst du unsere Osterkerze halten?" Gerade als Mama etwas erwidern wollte – und ihre zusammengepressten Mundwinkel ließen eher auf eine Unfreundlichkeit schließen –, meinte Papa noch scheinheiliger: „Pst. Wir sind in der Kirche. Da ratscht man doch nicht."

Jetzt hatte auch Simmerl die brennende Kerze entdeckt. Er vergaß das Körbchen und seine Anstrengungen gingen nun dahin, auf Papas Schoß zu klettern. Mama hatte sich eine neue Taktik überlegt und umklammerte ihn mit beiden Armen. Das gefiel dem Buben gar nicht, und weil er mit körperlichem Einsatz nicht weiterkam, probierte er es mit seiner Stimme. „Aua!" Sofort ließ Mama los, und alle Blicke in unmittelbarer Nähe richteten sich auf die Schusters. „Das hast du jetzt davon. Ich habe dir doch gleich gesagt, das wird ihm zu anstrengend." Papa blies die Kerze aus und nahm, nicht ganz ohne Schadenfreude, Mama den Simmerl ab: „Und für dich ist es ja wohl noch anstrengender. Nächstes Jahr gehst du wieder alleine und lässt uns ausschlafen."

Die Osterfeier war indes bis zum Gloria fortgeschritten, und Mama bedauerte es, dass sie eigentlich gar nichts mitbekommen hatte. Simmerl ruhte sich ein wenig aus, doch schon bald schien er sich von den Machtkämpfen mit der Mama erholt zu haben. Als alle Christen ihr Taufversprechen erneuerten, startete er einen weiteren Versuch, an das Körbchen zu gelangen. Papa ließ ihn gewähren und fing Mamas Hand — sie wollte das natürlich verhindern — ab: „Lass ihn ruhig hineinschauen." Als er es endlich geschafft hatte, gluckste Simmerl freudig. Er zog das weiße Deckchen, das Mama extra bestickt hatte, beiseite. „Mhm!", brabbelte Simmerl und zog ein Wiener Würstchen heraus. Papa, der das Würstchen

heimlich zwischen Osterlamm, Eiern, Salz, Weih-
wecken und Schinken versteckt hatte, kramte
weiter und reichte ihm dazu eine Breze. Mama
war empört: „Das gehört sich doch nicht für ein
Osterfrühstück!" „Jetzt gibt er wenigstens Ruhe",
sagte Papa und ließ Simmerl essen. Mama stöhnte, sackte im Kirchenstuhl zurück und hörte, wie
ein Mann in der Sitzbank hinter ihnen raunte: „So
sind sie, die Zugereisten! Keine Ahnung von
Brauchtum!"

Die Schusters im Urlaub

Das war eine Aufregung! Die Schusters machten Urlaub. Mama brauchte ungefähr drei Jahre, um ihren Wunsch durchzusetzen. Da war zum einen Papa, der meinte: „Warum soll ich einen Haufen Geld ausgeben, wenn ich doch vorher schon weiß, dass es daheim am schönsten ist." Und Sohn Simmerl: „Meine Werkzeuge bekomme ich nie und nimmer in den Koffer!" Aber das war ein anderes Thema. Mama erlaubte es ohnehin nicht, weil sie befürchtete, sie würden nicht durch die Kontrollen am Flughafen kommen. Also inspizierte sie Simmerls Koffer höchstpersönlich noch am Abreisetag. Töchterchen Mitzerl da-gegen freute sich mit Mama auf den Urlaub. Auch Papas Aussage, sie könnte doch mit Mama alleine ein paar Tage in den Bayerischen Wald fahren, gefiel ihr.

Die Fahrt zum Flughafen wurde für Mamas Nerven zur Zerreißprobe. Papa jammerte, wie viel Arbeit liegen bleiben würde und dass er nach dem Urlaub doppelt hackeln müsste. Simmerl, ganz klar Papas Meinung, grantelte ununterbrochen, dass seine Freunde nun das Baumhaus ohne ihn bauen und er am Ende dann die Drecksarbeit, also übrige Bretter wieder aufräumen und solche langweiligen Sachen, machen müsste. Mitzerl trällerte ein Liedchen, und Mama zerfleischte innerlich ihre Lippen, so fest biss sie die Zähne zusammen. Um keinen Preis wollte sie eine unbedachte Bemerkung fallen lassen. Papa und Simmerl warteten ja nur darauf, dass sie sagte: Kehren wir um. Bleiben wir daheim.

Der Nachtflug war billiger, und die Schusters landeten deshalb um vier Uhr morgens im Urlaubsland. Es dauerte, bis sie einen Taxifahrer auftrieben. Als sie am Hotel eintrafen, dauerte es noch mal, bis sich jemand in der Rezeption einfand. Endlich im Zimmer, ließ sich Papa sofort auf ein Bett fallen und war innerhalb weniger Sekunden eingeschlafen. Während er sselenruhig vor sich hinschnarchte, versuchte Mama Schuster, die

Kinder zu bändigen. Voll übernächtigt sprangen sie in ihren Bettchen Trampolin, sausten hin und her, T-Shirts, kurze Hosen und Handtücher flogen durch die Luft, die Badezimmertüre knallte mehrmals lautstark ins Schloss und erst das Bestechungsangebot von Mama: „Ich kaufe euch morgen drei Eis", schaffte endlich die nötige Ruhe.

„Maaaammmmaaaa! Ich muss mal!" Simmerl rüttelte am nächsten Morgen wie wild an Mamas Arm: „Die Badezimmertüre geht nicht auf!" Mama rieb sich die Augen und quälte sich aus dem Bett. Auf dem Nachttischchen fand sie einen Zettel von Papa: „Musste aufstehen. Das Kreuz tut mir weh von der schlechten Matratze. Bin spazieren." Mama stolperte über Koffer und Kleidungsstücke, und tatsächlich, die Türe zur Toilette ließ sich nicht öffnen. Mama grübelte. Das verriet ihr gerunzeltes Gesicht. Indes lief Simmerl schon rot an, so fest presste er seine Pobacken zusammen. „Ich laufe zur Rezeption und hole Hilfe." Und weg war die Mama. Simmerl stieg von einem Bein auf das andere: Wie lange dauert das denn? Ihm taten schon die Arschbacken weh. Mittlerweile war auch Mitzerl aufgewacht. Schnell erkannte sie Simmerls Notlage und schob ihm den Abfalleimer hin: „Wenn du musst, dann musst du." Ohne groß nachzudenken, pflanzte sich Simmerl auf den Abfalleimer und sagte noch zu Mitzerl: „Wenn die

Mama schimpft, dann sage ich, dass es deine Idee war." Er ließ sich von seiner Schwester noch ein Taschentuch reichen und gab seiner Notdurft endlich nach.

Als die beiden dann am Bettrand saßen und auf Mama warteten, sagte Mitzerl: „Die Cola-Flasche hättest vorher schon noch raus tun können." Es waren bestimmt noch zehn Minuten vergangen, bis Mama ins Zimmer wirbelte. „Jetzt pressiert es nimmer", sagte Simmerl. Auch Papa kam von seinem Spaziergang zurück, rümpfte die Nase und grummelte: „Hier stinkt es wie daheim, wenn der Nachbar seine Gülle ausfährt! Und dafür sprengst du uns um die halbe Welt! Das hätten wir daheim umsonst gehabt."

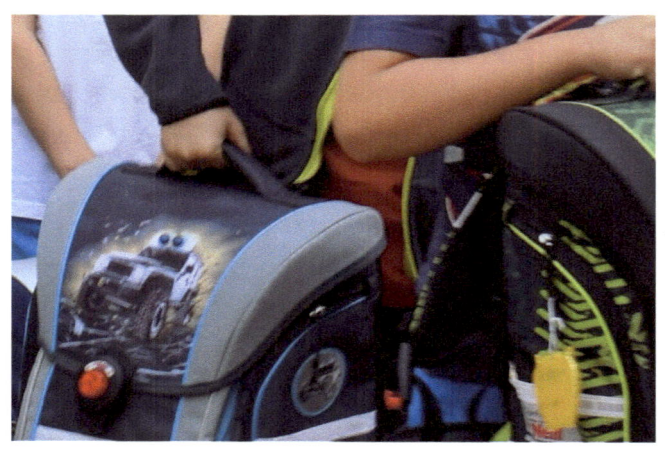

„Wir haben einen neuen Held!"

„Wie kannst du nur ohne Schultasche in den Bus steigen?" Mama konnte für Simmerls Malheur heute überhaupt kein Verständnis aufbringen: „Gut, dass dein Kopf angewachsen ist!" Und dabei hätte Simmerl ihr doch so gerne erzählt, wie er zum Held des Tages geworden war. Das hatte sich nämlich folgendermaßen ereignet:

Simmerl fuhr, wie jeden Tag, mit dem Fahrrad zur Bushaltestelle. Leider verspätete er sich ein bisserl, und weil er noch mit den anderen spielen wollte, stellte er seinen Ranzen gleich neben dem Fahrrad ab. Normalerweise, also wenn er genügend Zeit gehabt hätte, dann hätte er natürlich seinen Ranzen am Zaun abgestellt, wo auch alle anderen Kinder ihre Schultaschen hinbrachten. Als der Bus dann heranfuhr, hüpfte er hinein und merkte erst, dass er seinen Ranzen hatte stehen lassen, als sie aus dem Dorf hinaus waren. Zum Glück hatte er sein Handy eingesteckt und wählte die Nummer seiner Mama: Steige ich eben im nächsten Dorf aus, sie holt mich ab, wir lesen den Ranzen auf und sie fährt mich zur Schule. Ungefähr acht Mal probierte er es, dann gab er auf, denn Mama hob nicht ab.

Verlegen war Simmerl noch nie, also stapfte er von ganz hinten nach ganz vorne und sprach: „Herr Busfahrer, du musst umkehren. Ich habe meine Schultasche vergessen. Bitte." „Bitte" schadet bestimmt nicht, dachte Simmerl, und Mama sagte ja auch immer, wer höflich ist, kommt am weitesten. „Nein. Wie stellst du dir denn das vor? Du siehst doch selber, was das für Eselwege sind." Doch so leicht gab Simmerl nicht auf. Im Bus war es mucksmäuschenstill. Alle wussten, kehrt der Busfahrer um, kommen sie zu spät in die Schule. Wider Erwarten ließ sich der Busfahrer aber doch von Simmerls Argumenten überzeugen, und er wendete. Simmerl musste aussteigen und schauen, dass er nicht den Ran-ken (= Böschung) runterfährt. Peter, ein guter Spezi von Simmerl, stimmte sofort ein Lied an:

„Wir haben einen neuen Held! Simmerl ist der neue Held!" Bis auf Lieselotte sangen alle eifrig mit.

Nun gut, Mama wollte anscheinend nicht wissen, warum er ein Held geworden war. Also erzählte Simmerl seinen Aufstieg bei den Freunden Papa. Doch es dauerte nicht lange und Mama trieb Papa zur Eile: „Jetzt mach dich fertig. Wir sind doch heute bei den Ehrbachers eingeladen." Ausgerechnet. Papa mochte die Frau Ehrbacher nicht, weil sie stets alles besser wusste und niemand so perfekt war wie sie. Simmerl hatte direkt Erbarmen mit Papa. Andererseits freute er sich auf einen Abend ohne Eltern, denn dann konnte er mal wieder richtig loslegen und seine Schwester Mitzerl traktieren.

Mama Schuster rief während der Fahrt für Papa alle guten Manieren in Erinnerung und bat ihn inständig, nicht auf Frau Ehrbachers Sticheleien einzugehen: „Ich weiß es ja selber, Herr Ehrbacher geht ja. Aber sie!" Papa schnaufte tief durch und warb bei Mama vorbeugend um Verständnis, wenn er sich heute Abend ein paar Weißbier zu viel gönnen sollte. Das machte im Übrigen Herr Ehrbacher auch immer.

„Ach, wie schön! Ihr habt eure Kinder zu Hause gelassen. Ja, dann können wir wirklich einen ruhigen Abend verbringen", Frau Ehrbacher zupfte eingebildete Flusen von Mama Schusters Mantel: „Herr Schuster, die grauen Haare machen Sie interessant." Schon beim Eintreten hätte Papa der Frau Ehrbacher am liebsten in den Bauch geboxt. Mama Schuster lächelte gestellt, wehrte Frau Ehrbachers Hände ab und erkundigte sich höflich: „Wie geht es Lieselotte?" Und schon legte Frau Ehrbacher los: „Stellen Sie sich vor Frau Schuster, unsere Lieselotte ist heute zu spät in die Schule gekommen, weil so ein Blödian seinen Schulranzen hat stehen lassen!" „Herr Ehrbacher, ich hoffe, Sie haben genug Bier kalt gestellt", Papa konnte sich ein Grinsen nicht verkneifen.

Die Spendenaffäre

Heute war Tag der offenen Tür an Simmerls Schule. Gerade noch rechtzeitig schafften es die Schusters, halbwegs pünktlich zu sein. Papa Schuster hatte eigentlich keine Lust, Simmerl auch nicht. Mama Schuster sagte, das gehört sich, dass man hingeht, und Mitzerl war die einzige, die sich auf den Tag freute. Kaum in der Schule angekommen, suchte sie sich einen Platz, um ein Lesezeichen zu basteln. Simmerl latschte missmutig zu seiner Gruppe. Anstecker musste er verkaufen, zugunsten eines Hilfsprojektes für ein Entwicklungsland. Papa Schuster stapfte auf Mamas Anweisung in die Aula. Er sollte den Kuchen abliefern. Mit gebeugtem Kopf schlenderte Mama Schuster durch die Schule. Simmerl war bekannt wie ein bunter Hund, und sie verspürte keine Lust, sich über seine Schandtaten unterhalten zu müssen. Erst kürzlich war sie in die Sprechstunde zitiert worden. „Ihr Kind bekommt einen Einzelplatz. Es ist mir völlig schleierhaft, wie er von der letzten Bank aus bis in die erste Reihe durchkommunizieren kann", erinnerte sich Mama Schuster nur ungern an die vorwurfsvollen Worte von Frau Kogler.

Jedenfalls hatte es Mama Schuster nun gut eine Dreiviertelstunde geschafft, unerkannt durch das Gebäude zu laufen, als plötzlich Simmerl vor ihr stand. „Woher hast du das Eis?" Ihr schwante nichts Gutes und ihr Magen zog sich zusammen. „Wir haben beschlossen, dass wir uns ein wenig Geld aus der Spendenbox nehmen. Schließlich sind fast alle Anstecker verkauft." „Bist du verrückt?" Mama Schuster drehte sich nach allen Seiten. Sie wollte sicher sein, dass niemand das Gespräch mithörte. „Wie viel Geld habt ihr rausgenommen?" Doch Simmerl war schon wieder verschwunden. Er trollte sich zu Papa in die Aula. Er musste ihm sofort erzählen, dass er Mama gerade ganz arg auf den Arm genommen hatte.

Mama Schuster indes schlich wie ein Indianer durch das Schulhaus. Sie vermutete die Spendenbox in Simmerls Klassenzimmer. Die Türe war nur angelehnt, und schnell huschte sie hinein. Auf dem Lehrerpult stand tatsächlich die selbstgebastelte Schachtel mit Schlitz. Sie kramte in ihrer Tasche und überlegte, ob sie einen Fünfer oder Zehner hineinstopfen sollte. „Was machen Sie denn da?" Erschrocken fuhr Mama Schuster zusammen, stopfte blindlings einen Schein in die Box und stammelte: „Entschuldigung. Ich bin auf der Suche nach meinem Sohn." „Ach ja, die Frau Schuster", schnaufte Frau Kogler arrogant. Mama Schuster wischte an ihr vorbei, und erst als sie sich in Sicherheit wiegte, schaute sie auf die Scheine, die sie noch in Händen hielt: Verdammt! Jetzt habe ich den Fünfziger reingestopft! Saugrantig machte sie sich auf die Suche nach ihrer Familie. Aber dass sie die Spendenbox heimlich aufgefüllt hatte, davon sagte sie nichts.

Tags darauf saß die Familie beim Mittagstisch und Simmerl wetterte: „Die ist unmöglich! Anstatt dass sie sich freut, will sie einen Elternbrief rausgeben!" „Wer will einen Elternbrief schreiben? Und warum?" Mama Schuster schaufelte Spagetti auf Papas Teller und reichte Mitzerl noch eine Schöpfkelle Hackfleischsoße. „Ja wegen der Spendenbox. Das Geld stimmt nicht." „Sind sie euch draufgekommen wegen dem Eis?", hakte Mama Schuster nach. „Mensch Mama, das habe ich doch nur gesagt, um dich zu ärgern. Wir haben kein Geld aus der Kasse genommen. Annas Mama hat uns eingeladen." Mama Schuster verschluckte sich. Sie hüstelte und fragte weiter: „Aber was ist dann das Problem?"

„Die Elternbeiratsvorsitzende, die Frau Ehrbacher, glaubt, wir haben jemanden betrogen oder falsch gewechselt. Und weil wir eine ehrliche Schule sind, deswegen mag sie jetzt den Fünfziger zurückgeben." Mama Schuster nestelte nervös am Geschirrtuch. Papa Schuster lehnte sich zurück. Er blickte Mama an und meinte: „Ja, wer traut schon wem in der heutigen Zeit, nicht wahr?" Sein Grinsen wurde immer breiter und an Simmerl gewandt sagte er: „Du kannst morgen länger schlafen. Mama wird dich in die Schule fahren. Außerdem muss sie auch noch auf die Bank, weil sie das Haushaltsgeld schon fast ausgegeben hat."

An Muttertag ist nichts erlaubt!

Mama Schuster gähnte. Sie rieb sich die Augen und starrte ungläubig auf den Wecker: Kurz nach sechs. Mitzerl und Simmerl rüttelten sie: „Guten Morgen, Mama! Aufstehen! Wir wünschen dir alles Liebe zum Muttertag. Frühstück ist fertig." Mama Schuster lächelte gezwungen und quälte sich aus dem Bett. Eigentlich wollte sie ausschlafen. „Du, Mama, keine Angst, wir haben alle Verbote eingehalten." Noch wusste Mama Schuster nicht, was Mitzerl meinte.

Die Kinder führten sie die Stiege hinab, und weil sie es so lieb meinten, entschloss sich Mama, vorerst nicht zu fragen, warum es so erbärmlich stank im Gang. „Frisch aufgebrühter Kaffee! Und weil du verboten hast, dass wir die Kaffeemaschine anfassen, haben wir das heiße Wasser durch ein Geschirrtuch laufen lassen. So, wie die Menschen es früher gemacht haben. Das hast du uns mal erzählt." Mama Schuster hatte damals gelogen. Sie hatte den Kindern schlichtweg verbieten wollen, die Kaffeemaschine zu bedienen. Aber nur deswegen, weil sie so teuer gewesen war. Sie rührte im Haferl und versuchte, sich den schwimmenden Kaffeesatz einfach wegzudenken. Herrgott noch mal, was stinkt hier so? Mama Schuster schnaufte in ihrem Morgenmantel.

„Tut uns leid, Mama, die Brotscheibe ist zu dick geraten. Aber wir haben die Brotmaschine nicht angefasst." Simmerl schob ihr eine fünf Zentimeter dicke Brotscheibe, dick bestrichen mit Marmelade, hin. Mama hatte nur deswegen verboten, die Brotmaschine zu benutzen, weil sich Papa Schuster nach ein paar Halben Bier einmal in den Finger geschnitten hatte und sie kein Blut sehen konnte. Um abzubeißen, musste Mama Schuster den Mund sperrangelweit aufreißen. Und die Luft anhalten. Mein Gott, warum stinkt es so?

„Das Frühstücksei musst du dir denken. Es ist leider in meiner Jackentasche kaputtgegangen." Simmerl schaute Mitzerl vorwurfsvoll an und sagte: „Eigentlich ist es ja deine Schuld." „Nein!" Mitzerl widersprach: „Du hast mich mit zu viel Schwung über das Gatter gehoben, und als ich in den Hühnermist geflogen bin, da hast du mir auch nicht geholfen." Jetzt sah Mama, dass an Mitzerls Hose jede Menge Hühnerdreck klebte. Arg verstrichen, sie hatte wohl versucht, das meiste selber wegzukratzen. „Und dass das Ei in der Jacke zerbrochen ist, das wollt ich nicht." Mitzerl war nämlich beim Zurückklettern ausgerutscht und direkt in Simmerls Arme gestürzt. „Hätt ich dich nicht aufgefangen, dann könnt Mama jetzt ein Ei essen." Simmerl fauchte seine Schwester an: „Ich habe ja gleich gesagt, wir folgen diesmal nicht und öffnen das Gatter." Mama Schuster hatte das nämlich verboten. Sie hatte Angst, den Kindern würden die Hühner auskommen. „Na ja. Kochen hätten wir es eh nicht können." Mitzerl schaute die Mama an: „Ob es dir roh geschmeckt hätt, glaub ich kaum." Auch der Herd war für die Schuster-Kinder tabu.

„Guten Morgen, liebe Frau. Herzlichen Glückwunsch zum Muttertag!" Papa Schuster betrat die Stube und hielt Mama Schuster einen Buschen Flieder unter die Nase. „Danke", stammelte Mama. Mitzerl holte eine Vase, und Mama stopfte den Flieder hinein. „Dieses Jahr hab ich auf dich gehört und kein Geld für einen Blumenstrauß ausgegeben", lobte sich Papa selbst. Mama war der Meinung, dass Schnittblumen viel zu teuer sind, gerade an Tagen wie Muttertag oder Valentinstag. Es dauerte nicht lange, und die ersten Käferl krabbelten über den Tisch. Papa hatte anscheinend vom Flieder, der neben dem Misthaufen wuchs, ein paar Zweige abgerissen. Der intensive Geruch des Flieders vermischte sich mit dem Gestank, der von Mitzerls Hose ausging, und als Mama Schuster an das zerdrückte Ei in Simmerls Jacke dachte, wurde ihr schlecht.

„Mama? Warum sagst du nichts? Wir haben alle Verbote eingehalten, damit es ein rundum schöner Muttertag für dich wird."

Fettige Grillhendl, ein fliegender Klapperl und zu viel Bier

„Bleibt da! Wir brauchen erst einen Platz!" Mama Schuster zerrte Simmerl und Mitzerl vorbei an Losstand, Autoscooter und Hendlgrill. Papa Schuster stapfte zügig voraus Richtung Bierzelt. Es war brütend heiß, und er konnte kaum erwarten, von einer kühlen, frischen Maß Bier zu trinken. Außerdem hatte er es mit dem Ehrbacher ausgemacht. Dass seine Frau und Tochter Lieselotte auch auf dem Volksfest waren, das hatte er seiner Frau erst einmal nicht gesagt. „Das sieht sie noch früh genug."

Endlich im Bierzelt angekommen, blieb Papa Schuster kurz stehen: „Ah! Da sitzt er ja!" Mama Schuster hatte ihn mit den Kindern im Schlepptau kaum eingeholt, da ging er auch schon schnurstracks weiter. Schützend hob Mama Schuster die Hände und schlängelte sich mit den Kindern vorbei an biertragenden Bedienungen und Volksfestbesuchern, von deren Tellern heißes Brathendl-Fett tropfte. Papa Schuster setzte sich und stieß gleich mit dem Ehrbacher an. Der war so frei gewesen und hatte eine Maß auf Vorrat bestellt. „Frau Ehrbacher, wie schön. Sie sind auch da!" Mama Schuster rollte die Augen. Aber erst, als sie ihren Blick abgewendet hatte und die Ehrbacherin es nicht sehen konnte. „Simmerl, nimm doch Lieselotte mit zur Schiffschaukel. Du bist recht gut beieinander, und sie schafft es nicht alleine." Mama Schuster wusste nicht, was sie mehr ärgerte. Dass die Ehrbacherin eigentlich sagte, Simmerl ist zu dick, oder dass sie ihm Lieselotte aufs Auge drückte. Jedenfalls konnte sie nichts erwidern, denn Papa Schuster schob ihr einen Geldschein hin und sagte: „Geh, Frau, hol doch bitte was zu essen. Du weißt ja am besten, was die Kinder und ich mögen."

Es dauerte schon seine Zeit, bis Mama den Steckerlfisch für Papa, ein Grillhendl für Simmerl und die Schweinswürstl für Mitzerl beisammen hatte. Und den Kas samt Brezn unter dem Arm eingeklemmt. Die Finger brannten ihr, so heiß war das Zeug, und das Wasser vom Sauerkraut rann ihr schön langsam den Arm hinunter. „Hoffentlich tropft's nicht auf mein neues Dirndl!" Gerade als sie das Essen auf den Tisch stellte, kam Simmerl mit einer total verheulten Lieselotte zurück. „Ich kann nix dafür!" Der Bub grinste über beide Ohren: „Ihr ist schlecht geworden beim Schaukeln, und beim Aussteigen war sie so damisch, dass sie zusammengefallen ist. Aber sie blutet nur ein ganz klein wenig am Knie." Mama Schuster zog Simmerl beiseite und platzierte ihn am Tisch so, dass er am weitesten von Frau Ehrbacher entfernt saß. Als sich Mama Schuster eben etwas vom Steckerlfisch in den Mund stecken wollte, bevor Papa alles aufaß, winselte Mitzerl: „Mama, ich muss aufs Klo!"

Also stand sie auf und reihte sich in die nächste Schlange ein. Knapp eine Viertelstunde später verließen sie die Toilette und Mitzerl fragte: „Darf ich Kettenkarussell fahren?" Mama Schuster erlaubte es in der Hoffnung, dann nicht noch einmal aufstehen zu müssen. Artig standen sie an, und als Mitzerl endlich im Karussell saß, begutachtete Mama Schuster ihre Dirndlschürze. „Prima. Doch ein paar Flecken drauf." „Mama! Mein Klapperl!" Mitzerls Schreie rissen sie zurück auf das Volksfest. Sie hob den Kopf und sah den Klapperl (= Sandale) fliegen. „Nein. Ich will mir jetzt nicht selber sagen müssen, dass der Schuh wohl doch eine Nummer zu groß war." Als Mitzerl ausgestiegen war, ging sie mit ihr zu den Sträuchern. Siehe da, mittendrin steckte der Schuh. Obwohl sich Mama Schuster mit aller Vorsicht hineinzwängte, zerstörte das Geäst ihre geflochtene Frisur.

Zurück am Tisch zupfte ihr Papa ein paar Äste aus den Haaren und flüsterte: „Also, das Heu hättest dir schon rauskämmen können, bevor wir losgefahren sind." Mama Schusters Stirnfalten runzelten sich gefährlich: „Sag mal, wie viel Maß hast'n du jetzt?" Entsetzt schaute Papa Schuster sie an und rechtfertigte sich: „Du bist gut. Durst habe ich schon lange keinen mehr. Aber was soll ich denn machen? Du bist die ganze Zeit nicht da und mit dem Ehrbacher wird's auf Dauer auch langweilig."

Heuernte bei den Schusters

Alle schwitzten! Zum einen, ob das Wetter hält, zum anderen, weil das Thermometer über die 30-Grad-Marke kletterte. „Heute wird gepresst!" Papa Schusters einfacher Satz bedeutete für Mama Schuster, hoffentlich einen Bauern zu ergattern, der sich die Zeit nahm, das gemähte Gras, inzwischen dreimal gewendet und ebenso oft zu Reihen gehäuft, in kleine Ballen zu pressen. Und, viel wichtiger: Erntehelfer! Da musste die Kramerin her und mit dem Traktor vorausfahren, dann die Bergerin und die Zinzenzellnerin, die die kleinen Bindel (= Heuballen) auf den Wagen schleuderten, und die Tante, die diese wiederum schichtete, ohne dass sie herunterpurzelten.

Das Heuen ist jedes Jahr was Nervenaufreibendes, doch missen möchte es niemand. Mama Schuster betete im Vorfeld für gutes Wetter; sie versäumte keinen der vier Bittgänge und auch nicht die Schauerämter für gedeihliches Wetter. Dank moderner Kommunikation trieb Simmerl sofort Freiwillige auf. Da chauffierte eine Mama aus dem Nachbardorf ihren Sohn Maxl her, vom Dorf gesellten sich zwei Buben dazu, Mama Schusters Busenfreundin wurde eingespannt. Und am frühen Abend, alle standen beim Feuerwehrhaus, hörten sie endlich das lang ersehnte Tuckern des alten Traktors samt Ballenpresse!

„Hö! Dads ebba heinga! ´s Wedda habt's ja guad dawischt." Neugierige und gut gemeinte Ratschläge wurden alle Jahre gratis über sämtliche Zäune gerufen.

Nirgendwo wird man so schön braun wie beim Heuen! Deshalb bissen Mama Schuster, die Busenfreundin und Mitzerl die Zähne zusammen: zerkratzte Beine, eingezogene Schieferlinge (= Splitter), das verheilt schon wieder. Weil die Wetter-App Hitzegewitter prophezeite, schuftete man im Wettlauf mit der Zeit. Es dauerte nicht lange und bei den Rumänen, so hießen die dunkelhaarigen Helfer, und den Polen, das waren die Hellhaarigen, stürzten regelrechte Schweißbäche den Rücken hinunter. Staub klebte auf der Haut, und jeder hatte ebenso viel dürres Gras in den Schuhen wie in den Haaren.

Doch der unvergleichbare Geruch von frischem, nicht verregnetem Heu, aufbauende Zurufe wie „Hamas glei!" und freche Gedanken, was man mit wem so alles anstellen könnte im Heu, spornte alle an! Natürlich auch die Vorfreude auf eine riesige Schüssel Wurstsalat, die die Haidner-Oma vorbereitet hatte. Sogar der Bauer mit der Heupresse ließ fünfe gerade sein und genoss mit den Schusters und deren heimischen Schwarzarbeitern eine frische Halbe Bier, als endlich der letzte Bindel unter Dach war. Zuvor mussten alle eine eiskalte Dusche mit dem Gartenschlauch in Kauf nehmen. Mama Schuster befürchtete, dass der Abfluss verstopft, sollten sich alle im Haus duschen. In der Nacht gewitterte es ordentlich, es hagelte sogar. Gott sei Dank hatte die Schuster-Mama keinen Bittgang ausgelassen!

Mitzerl lernt Rechnen fürs Leben

2 + 2 muss nicht 4 sein. Mit einer Tüte Gummibärchen lernte Mitzerl heute eine einfache Rech-
nung fürs Leben. Im Krankenhaus, mit einem gebrochenen Arm. Doch erst einmal sechs Wochen
zurück in die Vergangenheit, denn die sechs Wochen kamen Mitzerl wirklich wie eine Ewigkeit
vor. Kurz vor den Sommerferien durfte sie auf
Mamas Pferd ausreiten. Unglücklicherweise stolperte der brave Gaul, und Mitzerl stürzte kopf-
über in den Bachgraben: Arm gebrochen. Tapfer
kämpfte sich das kleine Mädchen durch die Fe-
rien und den Badeurlaub. Mama Schuster kaufte
einen wasserdichten Überzug, und Mitzerl durfte

trotzdem ein wenig im Meer schnorcheln. Den gebrochenen Arm streckte sie, wie Mama es befohlen hatte, artig hoch in die Luft. „Sie sieht von Weitem aus wie ein Hai, dessen Rückenflosse über das Wasser schaut." Mitzerl tat Papa und sogar Simmerl leid. Aber heute, sechs Wochen nach dem Sturz, würde sie endlich wissen, ob der Arm wieder geheilt ist.

Vor dem Ärztezimmer saßen reihum Patienten. Die Wartezeit dehnte sich aus. Ungeduldig zupfte Mitzerl die Mama am Ärmel: „Da vorne! Schau! Da steht ein Automat mit Süßigkeiten!" Mama gab nach, ließ sich von Mitzerl zu dem Automaten zerren und kramte im Geldbeutel nach Kleingeld: „Was magst du?" „Gummibärchen!" Mama schüttete das Kleingeld in ihre Hand. 1,50 Euro passend hatte sie nicht. „Wirf zwei Euro rein. Der Automat wechselt bestimmt." Nein. Tat er nicht. Nun gut, Mama wollte sich nicht ärgern und trottete mit Mitzerl gemächlich zurück. Plötzlich blieb das Mädchen stehen. „Ob sie Gummibärchen mögen?" Mama verharrte kurz und blickte in Richtung von Mitzerls ausgestrecktem Zeigefinger. Da saßen eine alte Frau und zwei alte Männer in Rollstühlen. Die Hände gefaltet und die Köpfe gesenkt, schwiegen sie sich an. „Frag sie halt." Mama Schuster wollte weitergehen, Mitzerl ging aber gleich auf die drei alten Menschen zu. „Magst du eins haben?" Sie fragte alle drei, und alle drei griffen mit zittrigen Händen in die Tüte. Jeder nahm sich nur eins, und als Mitzerl ein zweites Mal Gummibärchen anbot, lehnten sie ab. Aber sie hatten alle den Kopf gehoben, lächelten das Mädchen an und bedankten sich.

„Mitzerl Schuster bitte zum Arzt!" Endlich! Sie war an der Reihe. Vorsichtig befreite sie der Arzt vom Gips, und Mamas Befürchtung, darunter könnte es entsetzlich stinken, bestätigte sich zum Glück nicht. Es wurde ein Röntgenbild gemacht: Arm geheilt. Glücklich hüpfte Mitzerl neben ihrer Mama aus dem Krankenhaus, ihren ramponierten Gips unter den Arm geklemmt, denn erst jetzt schmeckten ihr die Gummibärchen richtig gut. „Hallo! Sie da! Kommen Sie doch bitte her!" Mitzerl und Mama Schuster schauten sich um. Es war einer der Senioren, der nach ihnen rief. Er saß in einem Taxi und winkte. Verdutzt gingen Mama und Tochter zu dem Mann. Er schubste die Autotür auf, zog seinen Geldbeutel aus der Hosentasche und sagte: „Das ist für dich, weil du mit uns geteilt hast." Er streckte Mitzerl seinen knöchrigen Arm entgegen und drückte ihr zwei Euro in die Hand. Mama Schuster schritt ein: „Die

Gummibärchen sind schon bezahlt." Doch der alte Mann lächelte: „Sind Sie die Mama? Das haben Sie gut gemacht."

Beim Abendbrot erzählte Mitzerl Papa und Simmerl von ihrem Verdienst. Sie fragte die Mama: „Du sagst doch immer, alles, was man im Leben hergibt, bekommt man doppelt zurück. Das wären doch dann vier Euro gewesen." Mama stockte der Atem. Doch Mitzerl fand die Antwort selbst: „Weißt du, es ist eigentlich egal. Die haben sich so gefreut. Nächstes Mal, wenn ich mir den Arm breche, dann mag ich meine Gummibärchen wieder teilen."

Wer Familie hat, braucht Marmelade!

Wer Teil einer Familie ist, dem wird es nicht langweilig. Derweil sehnte sich Mama Schuster geradezu nach Langeweile! Ungeduldig verfolgte sie am Montagmorgen den Uhrzeiger. Wortfaul saß sie in der Küche. Mitzerl und Simmerl stritten. Oder schauten ins Smartphone. Unfassbar, wie lange der Zeiger brauchte, um von 6.45 Uhr auf 7.15 Uhr vorwärtszukriechen! Ob die Uhr kaputt ist? Mama Schuster konnte es kaum erwarten, bis die Kinder und Papa aus dem Haus waren. In Ruhe frühstücken, die Zeitung lesen, ein bisserl dumm schauen. Sie freute sich seit Freitagmittag auf die kleine Stunde am Montagvormittag. Das war ihr Zeitfenster. Diese Stunde gehörte ihr, und heute wollte sie weder putzen noch waschen noch sonst irgendeine Hausarbeit erledigen. Sie hielt die Luft an, als die Kinder im Hausgang standen und ihre kleine Auszeit schon zum Greifen nahe war.

Kaum schlug die Haustüre ins Schloss, sauste Mama Schuster zum Kühlschrank. Sie liebte Aprikosenmarmelade! Voller Vorfreude schnappte sie das Glas, bestrich eine Semmel dick mit Butter. In Gedanken notierte sie alle Personen, die sie heute anrufen musste. Plötzlich hörte sie hinter sich eine Stimme: „Mama! Wir haben den Bus verpasst!" Ausgerechnet. Sie stand auf, und ohne ein Wort zu sagen, hörte sie sich an, wie es dazu gekommen war. Eigentlich hatten die beiden heute zu Fuß zur Haltestelle laufen wollen. Simmerl schleppte seine Sporttasche mit und Mitzerl eine Riesentüte wegen Kunst. Weil Simmerl nun doch mit dem Radl fahren wollte, packte er Mitzerl auf den Gepäckträger. Es kam natürlich, wie es kommen musste: Die zwei strauchelten, und es hat sie geschmissen. Meine Auszeit verschiebt sich nur. Mama Schuster biss die Zähne fest zusammen, verkniff sich jedweden Kommentar und kutschierte die beiden zur Schule. Ihre Freude war zwar etwas getrübt, aber nicht weg. Froh, das morgendliche Verkehrschaos mit hupenden oder nicht blinkenden oder von Haus aus absichtlich falsch fahrenden Verkehrsteilnehmern überstanden zu haben, eilte sie in die Küche.

Sie schüttete den kalten Kaffee in den Abfluss und schenkte sich aus der Thermoskanne ein frisches Haferl ein. Unterdessen dachte sie an den gestrigen Sonntag. Unterwegs zum Feuerwehrfest begegnete ihnen auf der Landstraße die Haidner-Oma. Mama Schuster trat die Bremse, die Haidner-Oma auch. Beide fuhren sie rückwärts. Ein kleiner Ratsch, so viel Zeit muss sein. Unwillkürlich lachte Mama Schuster, als sie vor ihrem inneren Auge sah, wie schief die Oma rückwärtsfuhr, gefährlich nahe am Ranken (= Böschung), und schließlich den Straßenstempen (= Leitpfosten) umfuhr. „Hoppala. Hab' ich den umgefahren?", sagte sie noch, und Simmerl war bereits aus dem Auto gesprungen, um den Stempen wieder einzusetzen. Mama Schuster schlürfte den heißen Kaffee. Normalerweise schlürfte sie nicht. Zuerst wollte sie den Kieferorthopäden anrufen; Simmerl hatte sich am Freitagabend ein Bracket von der Zahnspange ausgebissen. Die Messnerin vom Nachbardorf durfte sie nicht vergessen. Beim Sonntagsgottesdienst hatten alle Firmlinge ihr Zeugnis erhalten. Nur das von Simmerl hatte der Pfarrer nicht dabei. Endlich saß sie am Tisch. Vor ihr die bestrichene Buttersemmel und das Glas Aprikosenmarmelade. Ihr Telefon klingelte. Es war Mitzerl: „Mama, ich habe einen Fünfer." Es rauschte. „Mama, ich kann nicht lange telefonieren. Pause ist gleich vorbei." Die Verbindung war schlecht und Mama Schusters Laune ebenfalls. Warum hat die jetzt einen Fünfer? Wir haben doch gelernt. Da sauste eine Sprachnachricht hinterher: Mitzerl hatte einen Fünfer in ihrer Schultasche gefunden und fragte, ob sie mit ihrer Freundin zum Mäci gehen darf. Klar, alles war besser als ein Fünfer in Mathe. Mama Schuster blätterte in der Zeitung. Sehr schön, Simmerl riesengroß drin, aber kein Firmzeugnis in der Hand. Mama Schuster griff nach dem Marmeladenglas und wurde schon wieder gestört. Caritas-Sammlung. Weil sie es nicht kleiner hatte und die Erste auf der Liste war, spendete sie mehr oder wenig freiwillig 20 Euro. Zurück am Tisch liebäugelte sie wieder mit der Marmelade. Die Uhr verriet ihr, dass von der Stunde gerade mal noch fünf Minuten übrig blieben: Der Uhrzeiger hat jetzt wohl das Gaspedal entdeckt. Mama Schuster seufzte. Sie zog die Beine an und schraubte das Marmeladenglas auf: Herrschaftszeiten! Wer hat das Glas geleert und wieder in den Kühlschrank gestellt?

Kein Helm – kein Respekt

Mama Schuster kritzelte den Einkaufszettel und steckte ihn in die Tasche. Es pressierte, weil sie hinten über den Bahnhof fahren wollte, um zu sehen, was Simmerl trieb. Neuerdings war er ständig mit seinen Fahrradkumpels auf der Baustelle unterwegs. Sie stapelten Paletten, sprangen mit dem Fahrrad rauf oder runter oder drüber. Simmerl hatte über ein Jahr gespart, und mithilfe einer kräftigen Finanzspritze von Papa Schuster kaufte er sich eigens ein dafür geeignetes Fahrrad. Mama Schuster spendierte einen Helm. Aber der lag regelmäßig auf der Garderobe und bewegte sich nur, wenn Mama Schuster

Staub wischte. Und so war es auch heute. Schnell packte Mama Schuster den Helm in den Korb und flitzte los. Wie erwartet sprangen die Jungs halsbrecherisch über Paletten und über den Gartenzaun von Frau Ehrbacher! Mama Schuster drückte das Gas durch. Nein! Sie würde gewiss nicht anhalten wegen dem Helm und eine saubere Kopfwäsche von der Frau Ehrbacher kassieren. Und wenn, dann wäre es klüger, sie tät den Helm selber aufsetzen.

Zu Hause wartete sie geduldig auf ihren Sohn. Noch bevor er seine Jacke ausgezogen hatte, wetterte sie los: „Simmerl, zum letzten Mal, wenn du den Helm nicht aufsetzt, dann verstecke ich das Fahrrad!" Der Bub grinste und setzte sich zu Papa Schuster an den Tisch. „Sei halt nicht immer gleich so streng." Es war so klar wie das Amen in der Kirche, dass Papa Schuster sich auf Simmerls Seite schlug. Nach dem Abendessen trollten sich Papa, Simmerl und Mitzerl ins Wohnzimmer.

Mama Schuster grübelte beim Aufräumen ununterbrochen, wie sie diesen sündhaft teuren Kopfschutz auf Simmerls Sturschädel bekam. Aus dem Wohnzimmer hörte sie alle lachen. „Schau, Papa, ich habe jetzt einen Social-Media-Kanal und schon über 1000 Abonnenten." Mama Schuster lugte um die Ecke: „Was ist ein Social-

Media-Kanal?" „Mensch Mama, da postet man Videos oder Fotos. Die Followers liken und kommentieren." Papa Schuster setzte noch einen obendrauf: „Schau, Frau, unser Simmerl ist schon ein Hund!" „Hast du auch einen solchen Kanal?", fragte Mama Schuster. „Nein. Ich kenne mich da zu wenig aus." Mama Schuster zog die Nase kraus: „Aber wie finden dich die Followers?" Simmerl antwortete genervt: „Wie wohl? Über meinen Namen."

Wieder in der Küche suchte Mama Schuster ihr Tablet. Sie hatte vorige Weihnachten eins bekommen. Ah ja! Da ist es! Sie zog es zwischen den Brotzeitbrettern und den Kuchentellern hervor. Es dauerte seine Zeit, bis sie den Social-Media-Kanal entdeckte und noch mal gut eine Stunde, bis sie das mit der Registrierung kapierte. Mit Mama wollte sie sich nicht anmelden, also taufte sie sich „Pherus Christo", angelehnt an den heiligen Christopherus, den Schutzpatron für, na ja, eigentlich Autofahrer. Aber der geht bestimmt auch für Radfahrer. Papa Schuster brachte die Kinder zu Bett, und Pherus Christo likte alle Videos von Simmerl samt Kommentar: kein Helm – kein Respekt. Puh, nach rund 50 Videos fielen ihr die Augen zu.

Tags darauf rutschte Simmerl beim Mittagessen von einer Pobacke auf die andere. „Du, Mama, darf ich ausnahmsweise in mein Handy schauen? Meine Freunde behaupten, auf meinem Profil sind seit gestern Nacht über 300 Kommentare gelandet." Sie verbot es in der Angst, als Pherus Christo entlarvt zu werden. Nach dem Essen räumte sie den Tisch ab und Simmerl räumte den Gang um: „Mensch Mama! Wo ist mein Helm?" Mama Schuster spazierte in den Gang. Hatte sie sich verhört? „Mama! Der Helm!" Ach, der lag noch im Auto. Mama Schuster holte ihn, und Simmerl riss in ihr aus den Händen. „Ich muss los. Bin mit meinen Freunden verabredet."

Jetzt wurde Mama Schuster doch stutzig. Sie schnappte sich ihr Tablet und loggte sich beim Social-Media-Kanal ein. Nein! Das ist nicht wahr! Hocherfreut wischte sie Kommentar für Kommentar durch! Pherus Christo hatte eine Lawine losgetreten und Hunderte von Followern stimmten zu! Zufrieden legte Mama Schuster das Tablet beiseite und grüßte mit einem Grinsen über beide Ohren ihren Mann, der gerade die Küche betrat. „Du, Frau, wie hast du das jetzt angestellt, dass der Bub den Helm aufsetzt? Erpresst du ihn?" Mama Schuster lehnte sich zufrieden zurück: „Ich hab gebetet."